Karin Müller
lebt mit ihrer Tochter, zwei Pferden und einem Hund in einem kleinen Dorf in Norddeutschland. Sie arbeitete zuerst beim Radio, dann bei Zeitungen und Zeitschriften. Aber da mussten ihre Texte immer so kurz sein, deshalb schreibt sie heute lieber Bücher – am liebsten über Pferde!

Anne Ebert
Jahrgang 1963, studierte Grafik-Design in Münster. Seit 1990 illustriert sie Kinderbücher für verschiedene Verlage.

Birgit Schaible

Karin Müller

Merle und das freche Pony

Mit Bildern von Anne Ebert

Schneider Buch

Bibliografische Information Der Deutschen Bibliothek
Die Deutsche Bibliothek verzeichnet diese Publikation in der Deutschen Nationalbibliografie; detaillierte bibliografische Daten sind im Internet über http://dnb.ddb.de abrufbar.

Dieses Buch wurde auf umweltfreundlich hergestelltes Papier gedruckt.

Der Schneider Verlag im Internet:
http://www.schneiderbuch.de

Titelbild, Vorsatz und Illustrationen: Anne Ebert
Logoillustrationen: Ralf Butschkow
Rätselseiten: Dorothea Tust
Herstellung/Satz: Gabi Lamprecht, 17° SchulbuchNord
Druck/Bindung: Westermann Druck Zwickau GmbH, Zwickau
ISBN 3-505-11861-3

03 04 / 8 7 6 5 4 3 2 1

Inhalt

Endlich auf dem Ponyhof

Merle steigt aus dem Bus
und staunt.
So einen großen Ponyhof
hat sie noch nie gesehen.
Sie macht zum ersten Mal
Reiterferien.
Ohne Eltern,
aber mit elf anderen Kindern.
„Ich zeige euch gleich
eure Zimmer!“,
sagt Frau Kuhn.
Ihr gehört der Ponyhof.
„Danach gehen wir
zu den Ponys“,
schlägt sie vor.

„Toll!“, findet Lisa.
Sie saß im Bus neben Merle.
Da haben sie sich
gleich angefreundet.
Schnell werfen sie
ihre Rucksäcke
auf die Betten.
Dann laufen sie zurück
in den Hof.

Zwölf Ponys stehen schon dort
und warten.
Frau Kuhn teilt die Ponys ein.
Lisa bekommt
die braune Stute Krümel.

Merles Pflegepony
heißt Gonzo.
Begeistert streichelt Merle
Gonzos Hals.

Aber plötzlich schnappt Gonzo
nach ihrem Ärmel.
„Hey!“,
schimpft Merle
und weicht zurück.
Sie ist ein bisschen
erschrocken.
„Beißt der etwa?“,
fragt sie Frau Kuhn.
Frau Kuhn schüttelt
den Kopf.

„Nein“,
antwortet sie lächelnd.
„Aber Gonzo bettelt gern.
Er möchte etwas zu naschen.“
„Ach so“,
sagt Merle.
Sie runzelt die Stirn.
Lisa lacht.
„Hier“,
sagt sie.

„Ich habe Äpfel mitgebracht.
Die sind besser als Zucker.“

Lisa gibt ihrem Pony
einen halben Apfel.
Krümel nimmt ihn
ganz vorsichtig
mit den Lippen.

Merle probiert es auch.
Auf der flachen Hand
hält sie Gonzo
einen Apfel hin.

Gonzo frisst gierig.
„Au!“,
beschwert sich Merle.
Beinahe hätte Gonzo
ihren Zeigefinger angeknabbert.
Das kann ja heiter werden,
denkt Merle.
So ein freches Pony!

Gonzo spinnt

Am nächsten Morgen
ist die erste Reitstunde.
Merle kann schon
ziemlich gut reiten.
Aber Gonzo ist
ganz schön stürmisch.
Merle hat
alle Hände voll zu tun,
ihn zu bremsen.

Gonzo macht sogar
einen kleinen Bocksprung.
Am liebsten würde er
noch schneller laufen.
„Du hast ein tolles Pferd“,
sagt Lisa bewundernd.
Sie reitet im Schritt
neben Merle.
„Du auch“,
seufzt Merle
und sieht Krümel an.

„Krümel ist so schön ruhig.“
Lisa muss Krümel
immer ganz doll antreiben.
„Schneller, Krümel!“,
ruft Lisa verzweifelt.
Aber Krümel hat keine Lust,
schneller zu traben.
Lisa ist ganz außer Atem.
Neidisch schielt sie
zu Merle und Gonzo hinüber.

„Gonzo ist
so schön stürmisch“,
sagt Lisa.
Am liebsten würden
die beiden Mädchen tauschen.
Aber das geben sie nicht zu.

Am Nachmittag machen alle
einen Ausritt mit Frau Kuhn.
Merle und Lisa sind
zum ersten Mal im Gelände.
Merle ist ganz aufgeregt.
Gonzo auch.
Da springt ein Hase
hinter einem Busch hervor.
Gonzo erschrickt.

Plötzlich ist er
nicht mehr zu halten.
Er rast einfach los.

Gonzo überholt
alle anderen Ponys.
„Halt ihn zurück!“,
ruft Lisa.
„Kann ich nicht!“,
brüllt Merle verzweifelt.

Sie krallt sich
in Gonzos Mähne fest.
Gonzo wird immer schneller.
Nur nicht runterfallen!,
denkt Merle.
Frau Kuhn stellt sich
mit ihrem Pony
mitten auf den Weg.
Da hält Gonzo endlich an.

Merle holt tief Luft.
„Nicht so schnell, ihr zwei!“,
sagt Frau Kuhn lächelnd.
„Hast du Angst bekommen?“
Merle nickt.
Sie ist vor Schreck
ganz blass geworden.

Lisa dagegen ist begeistert.
Ihre Augen glänzen.
Es dauert, bis sie Merle
mit Krümel eingeholt hat.

„Wollen wir

die Ponys tauschen?“,

fragt sie.

Merle zuckt mit den Schultern.

Sie weiß nicht genau,

was sie will.

Einerseits hat sie Angst.

Wenn Gonzo wieder durchgeht,

fällt sie bestimmt runter!

Andererseits:
Am Ende der Reiterferien
gibt es ein Turnier.
Das kann sie
mit Gonzo gewinnen.
Mit Krümel wohl eher nicht.
„Ich überlege es mir“,
sagt Merle.
Sie ist ganz durcheinander
Mag Gonzo sie nicht?
Ärgert er sie mit Absicht?
Oder hat er sich wirklich
nur erschreckt?

Abgeworfen!

Die Zeit vergeht wie im Flug.
Morgen ist das große Turnier.
Merle will es nun doch
mit Gonzo versuchen.
Die Kinder üben ein letztes Mal
mit Frau Kuhn in der Reithalle.
Es gibt verschiedene Aufgaben:
einen Slalom aus Fässern,
zwei Stangen am Boden,
einen Vorhang
aus Flatterband
und eine Plastikplane.

Die Ponys sollen ohne zu zögern
über die Plastikplane gehen.
Aber die knackt und knistert.
Gonzo findet das unheimlich.
Als er an der Reihe ist,
springt er plötzlich zur Seite.

Dann galoppiert er
um die Fässer herum.
Er schlägt dabei Haken
wie ein Hase.

Da kann sich Merle
nicht mehr halten.
Sie lässt die Zügel los
und fällt vom Pony.
Zum Glück landet sie weich
auf dem Hallenboden.
Gonzo bleibt stehen und wartet.
Er hat sich auch erschreckt.
Eben war Merle doch noch
auf seinem Rücken!

Jetzt will Merle
da nicht mehr hinauf.
„Hast du dir wehgetan?“,
fragt Frau Kuhn besorgt.
Merle schüttelt trotzig
den Kopf.
Sie ist wütend.
Nur darum weint sie.
„Sieh mal“,
sagt Frau Kuhn
und reicht Merle die Hand
zum Aufstehen.

„Gonzo hat auch
einen Schreck bekommen!
Er meint es nicht böse."
„Das ist mir egal",
ruft Merle.

Sie schnieft.
„Möchtest du jetzt
mit mir tauschen?",
fragt Lisa.
„Nur für heute!"
Merle überlegt einen Moment.
Dann nickt sie langsam.
Lisa strahlt, als sie absteigt.

Sie gibt Merle
Krümels Zügel.
Dann läuft sie zu Gonzo
und steigt auf.
Frau Kuhn seufzt.
„Ich reite aber nur Schritt“,
sagt Merle.
Ihr zittern ganz schön die Knie.

Frau Kuhn hilft Merle
in Krümels Sattel.
Nach einer Weile fragt sie:
„Willst du noch mal galoppieren?“

Merle schüttelt den Kopf.
Gonzo und Lisa traben gerade
über die Plastikplane.

Lisa strahlt.
„Darf ich Gonzo
morgen wieder reiten?“,
fragt sie.
Merle schluckt.
Sie will gar nicht
an das blöde Turnier denken.
„Ist mir egal“,
brummt sie leise.
Sie will nie wieder springen.
Und schon gar nicht auf Gonzo.

Merles großer Tag

Heute ist es so weit:
Alle sind ganz aufgeregt und
freuen sich auf das Turnier.
Nur Merle nicht.
Sie will nicht mitreiten.
Wie kommt sie nur
um das Turnier herum?
Plötzlich hat sie eine Idee:
Sie wird so tun,
als ob sie sich
den Fuß verstaucht hat.
Beim Ausmisten.

Da kann so was passieren.
Vor dem Turnier
meldet sie sich freiwillig
zum Stallausmisten.
Die anderen putzen
schon ihre Pferde.

Gleich will Merle
die Mistgabel fallen lassen,
sich den Fuß halten
und schreien.
Aber da wird sie
von hinten angestupst.

Ganz sanft.
Es ist Gonzo.
Er sieht ihr tief in die Augen.
Da stellt Merle plötzlich fest:
Frau Kuhn hat Recht.
Gonzo hat es nicht
böse gemeint.
Er hat sie nicht
absichtlich abgeworfen.

Ob sie doch beim Turnier
mitreiten soll?
Auf Gonzo?
Merle atmet tief durch.
Da schaut Lisa
zur Box herein.
„Hast du es dir überlegt?“,
fragt sie.
„Kann ich Gonzo
beim Turnier reiten?“

Merle schüttelt den Kopf.
Sie schlingt die Arme
um Gonzo.
„Tut mir Leid“,
antwortet sie.
„Ich werde Gonzo reiten.
Wir schaffen das.“

Lisa findet das schade.
Aber sie ist nicht sauer.
Jetzt muss sie schnell
Krümel satteln.
Auch Merle ist spät dran.
Sie schaffen es
gerade noch rechtzeitig.
Lisa reitet als Erste
durch die Halle.
Fehlerfrei!

Krümel ist die Ruhe selbst.
Aber auch sehr langsam.

Merle reitet als Zehnte.
Gonzo wirkt nervös.
Merle ist auch nervös,
aber sie lässt
es sich nicht anmerken.
„Nein! Langsam!“,
mahnt sie,
als Gonzo losstürmen will.
Und es klappt.

Sie reiten
über die Plane,
durch den Flattervorhang,
über die kleinen Sprünge.

Merles Herz schlägt ihr
bis zum Hals.
Vor Aufregung vergisst sie
eine Tonne beim Slalom.
Aber sie fällt nicht.
Am Ende teilt sie sich
den dritten Platz mit Lisa.

Gonzo bekommt
eine Extra-Möhre.
Und Frau Kuhn sagt,
Merle ist trotzdem
die heimliche Siegerin.
Weil sie ihre Angst überwunden hat.
Sie darf sich etwas wünschen.
Merle strahlt:
„Wenn ich nächstes Jahr
wiederkomme,
möchte ich wieder
Gonzo haben.“

Die beiden Pferde sehen nur auf den ersten Blick gleich aus. Findest du die zehn Unterschiede?

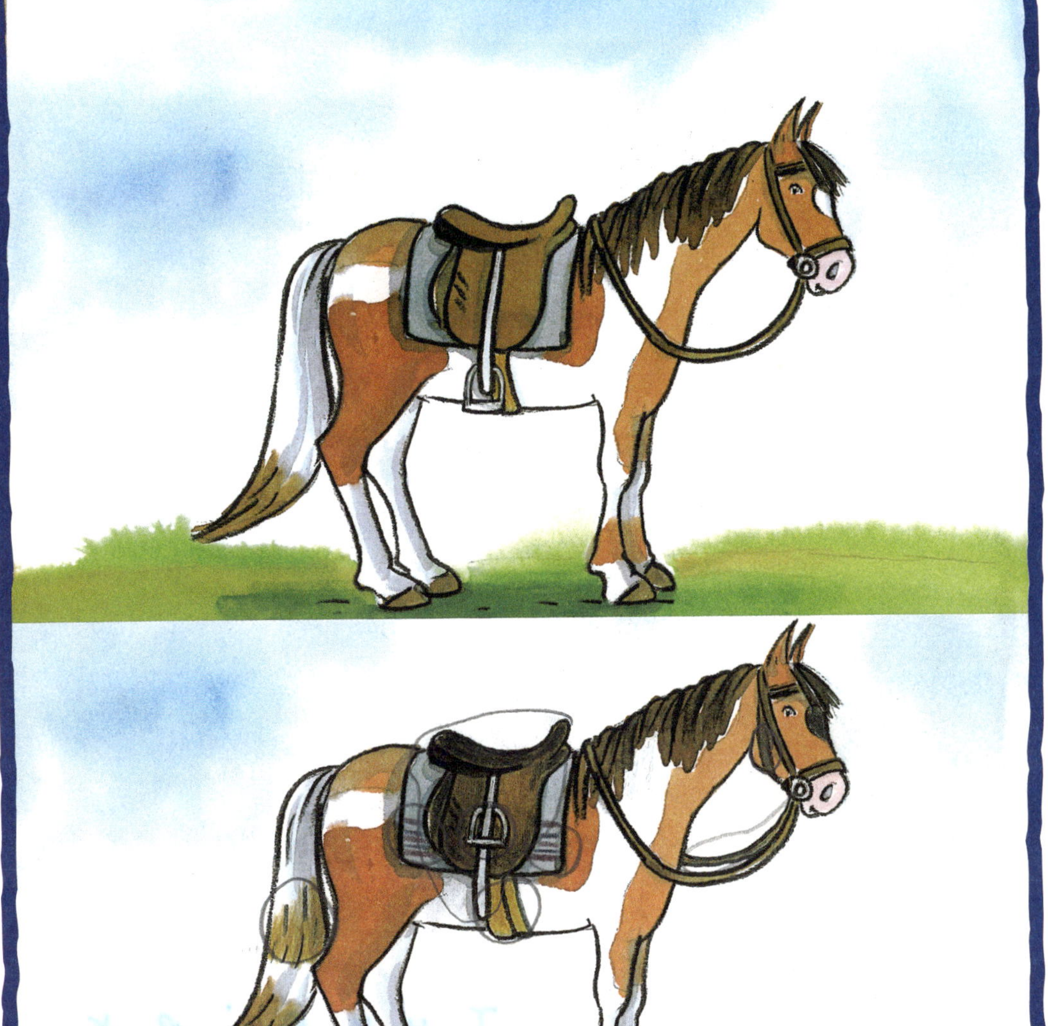

Auflösung: brauner Fleck am Schweif, Streifen auf der Satteldecke, Farbe vom Sattel, Höhe des Steigbügels, zweiter Sattelgurt, Länge der Mähne, zweiter Riemen an der Trense, Farbe der Blesse, zweiter Zügel, brauner Fleck am rechten Vorderbein

LUSTIGE RÄTSEL

Mach mit beim großen Buchstaben-Turnier! Wenn du mit deinem Pony über das richtige Hindernis springst, findest du den passenden Buchstaben für das Lösungswort.

Auflösung: Turnier